Michail Krausnick · Sophie Brandes

Auf dem Kopf stehen und lachen

Michail Krausnick

Auf dem Kopf stehen und lachen

Bilder von Sophie Brandes

Otto Maier Verlag Ravensburg

Es war einmal ein Has,
Der bohrte in der Nas.
Da kam ein Elefant
Und schlug ihm auf die Hand.

Es war einmal ein Affe,
Der liebte 'ne Giraffe
Und hat, um sie zu küssen,
Am Hals hochklettern müssen.

Es war einmal ein Spatz,
Der liebte eine Katz.
Die sprach: „Zum Fressen gern
Hätt ich den kleinen Herrn."

Warnung

Dreht euch nicht um!
Die Bestien gehn um!
Es fletschen die Zähne
und wetzen die Messer:
Der kannibalische
Schokoladenweihnachtsmannfresser,
der kaltblütige Marzipanschweinchen-
beinchenverspeiser
und der ruchlose
Osterhasenohrabbeißer!
Drei Monster, die sich
bei Feiern und Festen
auf Kosten der Kinder
nur allzugern mästen.
Horror! Horror! Gruselgraus!
Schließt die Tür und bleibt im Haus!

Die Geschichte vom Wanderkuß

Kennt ihr die Geschichte vom Kuß,
der ewig wandern muß?
Sie ist wirklich wahr,
denn meine Oma hat ihn mir
persönlich gegeben, den dicken Kuß.
Ich hab ihn an meine Mutter
weiterverschenkt, und die hat ihn
meinem Vater, der gerade von
der Arbeit kam, auf die Backe gesteckt,

was ich mit eigenen Augen
gesehen habe.
Mein Vater hat ihn ziemlich lange
für sich behalten und ihn auch über
Nacht noch mit ins Bett genommen.
Aber am nächsten Morgen,
beim Frühstück, hat dann mein
kleiner Bruder den dicken Kuß ergattert.
Wenig später ist er damit zu
den Kaninchenställen gerannt und
hat ihn unserem Opa gegeben.

Auf diese Weise wird er
wahrscheinlich wieder zur Oma
zurückgekommen sein, denn vorhin
hat mich die Oma schon wieder mal
so in den Arm genommen, und wißt ihr,
was hinterher auf meiner Backe saß?
Ein dicker Kuß. Au Backe!
Jetzt kann sie nämlich noch mal
von vorn losgehen, die Geschichte
vom Kuß, der ewig wandern muß.

Also gut:
Kennt ihr eigentlich schon
die Geschichte vom Kuß...?

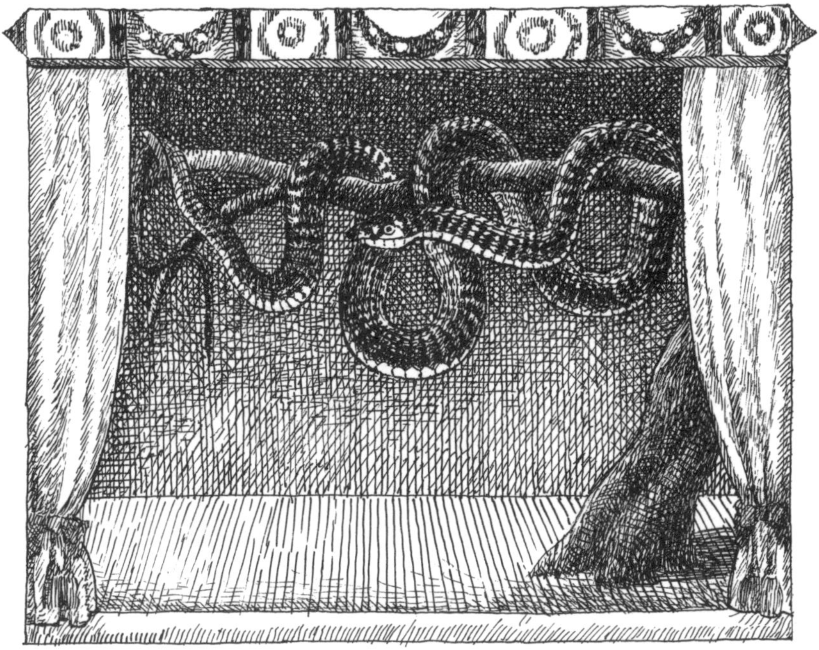

Es war mal eine Schlange,
Und zwar 'ne ziemlich lange,
Die mußt sich drehn und winden,
Um ihren Schwanz zu finden.

Schützt die Gummibärchen!

He, Sie!
Sind Sie auch einer von denen,
die Gummibärchen vor dem Verspeisen
erst langziehn und dehnen
bis zum Zerreißen,
kleinlutschen und mit den Zähnen
zerbeißen???
Sie sollten sich schämen!
Das ist doch barbarische Bärquälerei!
Augenblick mal, ich rufe die Polizei,
die meldet dann Ihre
entsetzliche Schand
dem Gummibärchenschutzverband.

Sonntagmorgen im Bett

Jetzt müssen wir wie Indianer sein.
Auf Zehenspitzen ins Schlafzimmer rein
und nachschaun,
wer da so schnarchelt und schnorcht
und immer noch
in die Matratze reinhorcht.

Zuerst mal an Mamas
Bettkante schleichen.
Da liegt sie,
gekrümmt wie ein Fragezeichen
so fern und so nah,
so nah und so fern
im Traum, auf der Reise.
Sie atmet ganz leise
tief aus
und tief ein.
Und lächelt dabei
als wär sie ein Kind –
so hilflos
und weich.

Ob ich noch mal
ins Bett zu ihr krieche?
Ja, das will ich tun:
ein Weilchen noch ruhn,
dicht neben ihr liegen,
mich sanft an sie schmiegen
und mit ihr was atmen
tief ein
und tief aus…

Von Papa sieht man nur
struppige Strähnen
zwischen den Kissen
und hört ihn laut gähnen.
Er knurrt wie ein
brummiger Teddybär,
wälzt sich hin und her
und knetert und knört:
„Was ist denn? Wer stört?
Ich schlafe ja noch!
Ich bin doch so müd!"
Aber eh er die Bettdecke über sich zieht,
hebe ich rasch sein Augenlid
„Na bitte: hellwach!"
Ein Küßchen ins Ohr.
„Komm, mach mir nichts vor!"
Und wenn er sich dann
noch mal umdrehen will,

ganz sachte killkill,
weiß ich genau,
wo ich kitzeln muß:
Unter der Achsel,
am Hals und am Fuß.
Doch sobald sich der Brummbär
wild aufbäumt und wehrt,
werd ich ihn schleunigst
befördern zum Pferd.
Rauf auf ihn drauf
und laut „Jippiejeeh!“ schrein.

„Schau, Papa,
so fängt man Wildpferde ein!“
So wird ein Mustang
gezähmt und gezäumt,
auch wenn er noch so sehr
wiehert und schäumt.
Aber falls er mich abwirft
und frei sich macht –
dann „Wehe!“,
dann „Rache!“
und „Kissenschlacht!“

Es war einmal ein Papagei,
Der liebte eine Mamagei.
Die hat, das kommt davon,
Jetzt einen Geiensohn.

Es war einmal ein Sparschwein,
Das hatte keinen Fahrschein.
Der Schaffner sprach: „Wahrscheinlich
Ist das dem Sparschwein peinlich."

Onkel Aloys in der Tierhandlung

Onkel Aloys ging in die Tierhandlung.
Er suchte ein Geschenk für
seinen Neffen Sebastian.
Der Verkäufer trat auf ihn zu:
„Ja bitte, Sie wünschen?"
Onkel Aloys zuckte die Achseln.
Sein Blick fiel auf ein Plakat,
auf dem ein rosafarbenes Ferkel
abgebildet war. Das Ferkel hatte ein
vierblättriges Kleeblatt im Maul.
Der Verkäufer fragte: „Möchten Sie
vielleicht ein Landschweinchen?"
Onkel Aloys schüttelte den Kopf.
„Also lieber ein Meerschweinchen?"
„Nein, auch nicht!" erwiderte
Onkel Aloys und nahm höflicherweise

Prima
Land-

seinen Hut ab. „Ich dachte eigentlich weniger an ein Meerschweinchen, sondern mehr…"

„Mehr an ein Wenigerschweinchen! Sehr vernünftig!" lobte der Verkäufer. „Wenigerschweinchen kosten weniger, fressen weniger und brauchen weniger Platz!"

Onkel Aloys runzelte die Stirn, warf einen prüfenden Blick auf den Verkäufer und dachte bei sich: Jungejunge, der hat ja einen ganz gewaltigen…

„Selbstverständlich habe ich auch einen Vogel!" Der Verkäufer schien Gedanken lesen zu können.

„Hier dieses wunderschöne Tierchen zum Beispiel!"

„Ah ja, ein Kakadu!“ stellte
Onkel Aloys fest.
„Nein!“ widersprach der Verkäufer.
„Ein Kaka**sie**!“
„Kaka-was bitte?“ fragte Onkel Aloys.
„**Sie**! Sie wie SIE! KAKA**SIE**!“
„Also so was! KAKA**SIE**! Das hat noch
keiner zu mir gesagt!“ Onkel Aloys
hatte plötzlich einen puterroten
Kopf und mußte nach Luft schnappen.
„Das ... das ist eine Beleidigung!“
„Im Gegenteil: ein Gebot der
Höflichkeit!“ lächelte der Verkäufer
und zeigte auf ein kleines Täfelchen,
das neben dem Käfig angebracht war.
Auf dem Schild stand
in Großbuchstaben: „KAKASIE“.
Und darunter: „Bitte nicht duzen!“

Da wurde es Onkel Aloys denn doch zu bunt. „Sagen Sie mal, junger Mann, Sie haben wohl eine Meise?!"
„Aber immer!" bestätigte der Verkäufer. „A-meise oder B-meise?"

……. sagt man nicht!

Ach du …….!
Entschuldigung, ist mir nur so
rausgerutscht, das Wort.
Ehrlich, Tantchen, ich wollt
wirklich nicht ……. sagen.
Also, sei bitte nicht sauer wegen
dem einen Mal! Ich seh ja ein,
daß es ……. war, ……. zu sagen.
Aber es ist doch eine
viel größere ……., sich über
ein einziges Wort so aufzuregen.
Mein Gott, Tantchen, das ist
die ganze ……. doch wirklich
nicht wert!
Natürlich gebe ich dir völlig recht:
……. ist ein unflätiges Wort,

das sich unter gebildeten Menschen
einfach nicht gehört.
Schon gar nicht in Anwesenheit
älterer Damen, die bei Wörtern wie
.... einen Heidenschreck kriegen
und womöglich in Ohnmacht fallen.
Gelt, Tantchen, du hast dieses
Wort sicher noch kein einziges Mal
in deinem ganzen Leben in den Mund
genommen. Oder?
Also gut, Tantchen, ich versprech
dir hoch und heilig, daß ich niemals
mehr .... sagen werde.
Jedenfalls nicht in
deiner Anwesenheit.
Auch andere Wörter wie ....schule,
.......wetter, ...haus, ... aufräumen
oder ....dreck nicht.

Obwohl es schon 'ne riesige ....
ist, daß man nicht mal ....
sagen darf, wenn du bei uns
zu Besuch bist.
Ehrlich, Tantchen, deine
Anstellerei find ich echt ....!

Es war einmal ein Stier,
Der trank drei Flaschen Bier
und ist dann stockbesoffen
Durch unser Dorf geloffen.

Keine Kriminalgeschichte

Es war keinmal, nie geschehen,
nirgendwo und ungesehen,
da hat mitten in der Nacht
keiner niemand umgebracht.
In der Zeitung konnt man lesen:
Es ist gar nichts los gewesen.
Was das Allerschlimmste ist,
niemand wird nicht mal vermißt.
Niemals wird der Fall ergründet,
selbst wenn man die Leiche findet.
Niemals glaubt der Kommissar,
daß der Mörder KEINER war.
Gut versteckt am sichren Örtchen
hockt Herr KEINER, sagt kein Wörtchen
von dem grauenvollen Mord.
Sicher hockt er heut noch dort…

Das Huhn

Laßt mich mal vom Huhn berichten,
denn das Huhn kommt in Gedichten
selten nur zu seinem Recht.

Man verehrt es meist gebraten.
Goldbraun glänzend, nebst Salaten,
geht's dem armen Vogel schlecht.

Drum mag ich nicht länger schweigen,
will es loben und besingen,
seine wahren Werte zeigen
und dem Huhn ein Ständchen bringen:
Wie es stolziert im Sonnenlicht!
Es funkelt sein Gefieder.
Nein, solch ein Vogel gackert nicht.
Er singt die schönsten Lieder.

Sein Kunstverstand, der ist enorm!
Zum Beispiel: Für das Ei
erfand es die ovale Form!
Doch das nur nebenbei.
Das Huhn ist klug, das Huhn hat Geist!
Das weiß doch jedermann.
Denn „dumme Hühner“ trifft man meist
nur unter Menschen an.

Drum: Wenn ihr mal ein Huhn erblickt,
dann tut ihr daran gut,
wenn ihr es höflich lächelnd grüßt
und zieht vor ihm den Hut!

Es war mal eine Mücke,
Die flog, hin und zurücke,
Von Frankfurt bis Madrid –
In einem Flugzeug mit.

Die Eintagsfliege

Eine Eintagsfliege wurde flügge
Montag morgens um halb acht
in Käswinkel, ihrer Heimat,
hat sich auf den Weg gemacht.

Flog erst einmal rund durchs Zimmer,
kreiste überm Frühstückstisch,
naschte von der Marmelade,
und schon war sie wieder frisch,

zog gestärkt mit frohem Mut
und mit Höchstgeschwindigkeit
Richtung Fenster, denn dahinter
lockt die Südsee, fern und weit.

Leider gab's an der Gardine
einen kurzen Aufenthalt.
Doch da feiert sie Geburtstag,
war ja schon sechs Stunden alt.

Lernt dabei ein Männchen kennen,
mag's von Herzen leiden.
Treue für den ganzen Tag
versprachen sich die beiden.

Machten eine Hochzeitsreise
durch den Korridor.
Tanzten um den Lampenschirm,
surrten sich was vor.

Doch im Schaume dieses Traumes
gab es ein Malheur –
denn es kam mit Fliegenklappe
Vetter Franz daher.

Weh, das wurd ein wildes Streiten
und ein mörderischer Tanz.
Unsre Fliege fleucht und flüchtet
vor dem grimmen Franz.

Wie sie kämpfte, beispielsweise:
Sturzflug auf des Vetters Nase.
Der gerät in blindes Wüten
und zerschlägt dabei die Vase.

Doch vergebens! Denn das Schicksal
ließ sich nicht mehr wenden:
Viel zu früh, als Halbtagsfliege
Mußte sie ihr Leben enden.

Der Tausendfuß

Wütend wird der Tausendfuß,
wenn er Füße waschen muß.
Bei zehntausend Zehen
Kann ich das verstehen.

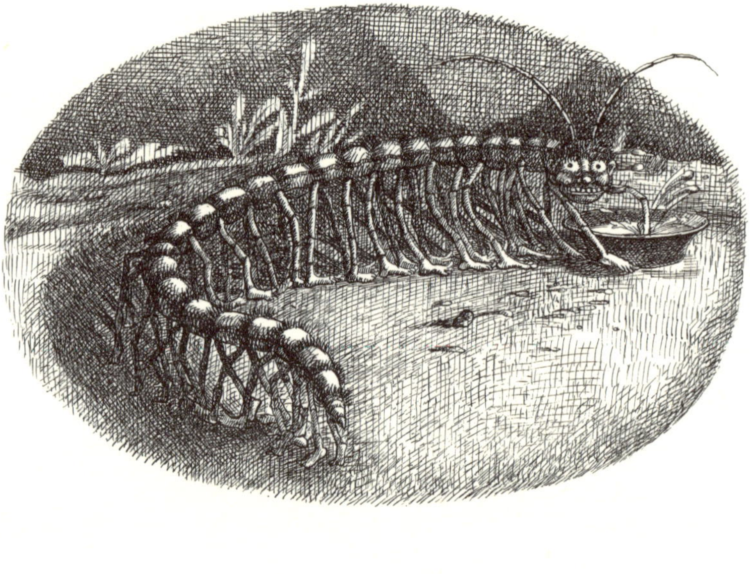

Die Langeweilegeschichte, die nie aufhört

Es war einmal ein Kind,
das war allein zu Haus
und dachte sich was aus:
Es war einmal ein Kind,
das war auch allein zu Haus
und wollte sich ebenfalls
etwas ausdenken.
Doch dem fiel überhaupt nichts ein.
Alle Gedanken waren weg.
So ein Pech!
Selbst an seine allerbesten Ideen
konnte es sich nicht mehr erinnern.
Vor lauter langer Weile hat es
am Fernsehgerät ein bißchen getippt
und Knöpfchen gedrückt.

Und plötzlich kam im Kinderprogramm
die berühmte Geschichte von dem
berühmten Kind, das ganz allein
und voller Langeweile zu Haus
vor einem Fernseher saß und sich
den bekannten Film ansah, in dem ein
Kind ganz allein vor dem Fernsehgerät
saß und sich eine Sendung
über ein Kind anschaute,
das ganz allein...
Und so weiter.

Kurz und gut:
Man könnte so noch stundenlang,
tage-, wochen- und jahrelang
weitererzählen, bis alle Kinder
auf der ganzen Welt ganz allein
vor ihren Fernsehgeräten sitzen

und sich gegenseitig zuschauen,
wie sie sich gegenseitig zuschauen –
Aberhunderte, Tausende, Millionen
und sogar Milliarden
ganz ganz alleinige Kinder.
Jedenfalls in der Geschichte,
die sich ein Kind ausdachte,
das ganz allein zu Hause war
und sich langweilte…

Achtung!

*

Leidest du an Fehlermangel?
Bist du mangelfehlerkrank?
Dafür gibt es nur ein Mittel:
Dr. Fehlers Mangeltrank!

*

Schon ein Schlückchen
macht dich krank!

Pausenliebe

Frank liebt Anne.
In der Pause,
Als er Anne sieht,
Weiß er nicht, wie ihm geschieht:
Plötzlich im Vorübergehn
Läßt er sich ein Lächeln stehn.
Anne streicht ihr Haar zurück,
Schenkt ihm einen Augenblick.
Später an der Haltestelle
Stupst ihn Anne blitzesschnelle
Heimlich im Vorübergehn
Grade so – wie aus Versehn.
„Aua!" – denkt sich Frank im Bus –
„Autsch! Das war ja fast ein Kuß!"
Und er freut sich, kaum zu Hause,
Auf die nächste große Pause.

Archibald

Sogar mit Krokodilen
kannst du im Zoo was spielen.
Zum Beispiel: um die Wette
durch Gitterstäbe schielen.

Archibald, das Krokodil,
liegt ganz ruhig und ganz still
im weichen Sand am Beckenrand
und träumt vom Land am Nil:

Er lag und lungerte am Fluß herum.
Wenn ihn mal hungerte
war er nicht dumm.
Dann sperrte er sein Maul nur auf,
grad so, als ob er gähne,
als wär er ein Reklametier
für strahlend weiße Zähne.
Und kam einmal ein Huhn vorbei,
dann fraß er das
ganz nebenbei.
Und trank dazu 'nen Schluck vom Nil
und wälzte sich voll Wonne
im heißen Sand, am Wüstenstrand,
und dampfte in der Sonne.
Doch heute liegt er eingegittert.
Verbittert und voll Sehnen
schaut er dich traurig an und weint
zwei dicke Krokodilstränen.

Tierischer Tanz

Es ging mal eine Gans
Mit 'nem Kamel zum Tanz.
Dort trat die dumme Kuh
Dem Esel auf die Schuh.
Drauf hat der Ochs empört
Sich bei der Gans beschwert.
Die schnatterte: „Na und?
Und du, du blöder Hund,

Stehst mir die ganze Zeit
Wie 'n Nilpferd auf dem Kleid!"
Der Ochs erwidert leise:
„Mein Spatz, du hast 'ne Meise!"
Drauf meckerte die Ziege:
„Dann mach doch eine Fliege!"

So endete der Tanz:
Der Ochs verließ die Gans
Und war am End allein
Nur noch ein armes Schwein:
Ein Mensch wie du und ich. –
Ist das nicht fürchterlich?

Rettet den Purzelwald!

Also, offengestanden:
Ich bin empört!
Haben Sie das schon gehört,
Daß selbst sogar Lehrer
In unseren Zeiten
Noch Kinder zum Purzelbaum-
Schlagen verleiten?
Und es nicht mal bestreiten?
Ich verlange,
Statt ihn zu schlagen und fällen,
Den Purzelbaum
Unter Naturschutz zu stellen!!!

Pipapo

Nanu, na, na,
Was hör ich da?
Ein Kind sagt
2mal PI und A.
Ist das überhaupt
Heutzutage erlaubt?
2mal A, 2mal PI –
Das gab's früher nie!
Etwas zweimal zu sagen,
Ist schlechtes Betragen!

Mein Kind, das tut man nicht.
Drum ist es meine Pflicht,
Zu melden deinem 2mal PA
Das 2mal A und 2mal PI.
Der legt dich übers Knie

Und schlägt dir, 3mal OH!,
Auf deinen 2mal PO.

Nanüchen, nanu?
Das Kind sagt dazu:
2mal HO, HI und HA –
Nanüchen, na, na?
Was sind das für Sachen?
Das klingt ja wie Lachen!

Und wenn ihr
noch mehr Bücher aus der Reihe
Der Blaue Rabe – Erster Lesespaß
lesen wollt:

Cris Baisch · Sigrid Heuck
Die kleine Wolke, die mal rennen wollte

Ingrid Uebe · Helga Spieß
Der kleine Brüllbär

Ingrid Uebe · Helga Spieß
Der kleine Brüllbär ist böse

Jean Van Leeuwen · Arnold Lobel
Geschichten von Oliver Grunz

Eve Marie Helm · Margit Pawle
Die Rätselhexe

Achim Bröger · Rolf Rettich
Der Geburtstagsriese

Renate Welsh · Svend Otto S.
Nina sieht alles ganz anders

Otto Maier Verlag Ravensburg

CIP-Kurztitelaufnahme der Deutschen Bibliothek

Krausnick, Michail:
Auf dem Kopf stehen und lachen /
Michail Krausnick.
Bilder von Sophie Brandes. –
Ravensburg : Maier, 1985.
(Ravensburger blauer Rabe)
ISBN 3-473-34205-X

NE: Brandes, Sophie:

5 4 3 2 1 88 87 86 85
Ravensburger Blauer Rabe

Umschlagkonzeption: Marlis Scharff-Kniemeyer
Umschlagbild: Sophie Brandes
Gesamtherstellung: Mohndruck, Gütersloh
Printed in Germany
ISBN 3-473-34205-X